MARIA AURÉLIA DOS SANTOS ROCHA

Voo solidário e solitário

Editora Labrador

Copyright © 2020 de Maria Aurélia dos Santos Rocha
Todos os direitos desta edição reservados à Editora Labrador.

Coordenação editorial
Pamela Oliveira

Projeto gráfico, diagramação e capa
Felipe Rosa

Assistência editorial
Gabriela Castro

Revisão
Andressa Bezerra Corrêa
Leonardo Dantas do Carmo

Imagem de capa
Everaldo Coelho (unsplash.com)

Imagens de miolo
Ver página 32

Dados Internacionais de Catalogação na Publicação (CIP)
Angélica Ilacqua – CRB-8/7057

Rocha, Maria Aurélia dos Santos
  Voo solidário e solitário / Maria Aurélia dos Santos Rocha. – São Paulo : Labrador, 2020.
  32 p.

ISBN 978-65-5625-052-6

1. Literatura brasileira I. Título

20-2679   CDD B869

Índice para catálogo sistemático:
1. Literatura brasileira

Editora Labrador
Diretor editorial: Daniel Pinsky
Rua Dr. José Elias, 520 – Alto da Lapa
05083-030 – São Paulo – SP
+55 (11) 3641-7446
contato@editoralabrador.com.br
www.editoralabrador.com.br
facebook.com/editoralabrador
instagram.com/editoralabrador

A reprodução de qualquer parte desta obra é ilegal e configura uma apropriação indevida dos direitos intelectuais e patrimoniais da autora.

A editora não é responsável pelo conteúdo deste livro.
Esta é uma obra de ficção. Qualquer semelhança com nomes, pessoas, fatos ou situações da vida real será mera coincidência.

Esta edição dá preferência à grafia lusitana nas situações em que o Novo Acordo Ortográfico da Língua Portuguesa admite dupla grafia.

À família "dos Santos Rocha" e afins.

E, na oportunidade de poder participar do concurso "Contos da Quarentena", promovido pela Livraria Lello em iniciativa transcontinental, é que deixo um conto para ser contado.

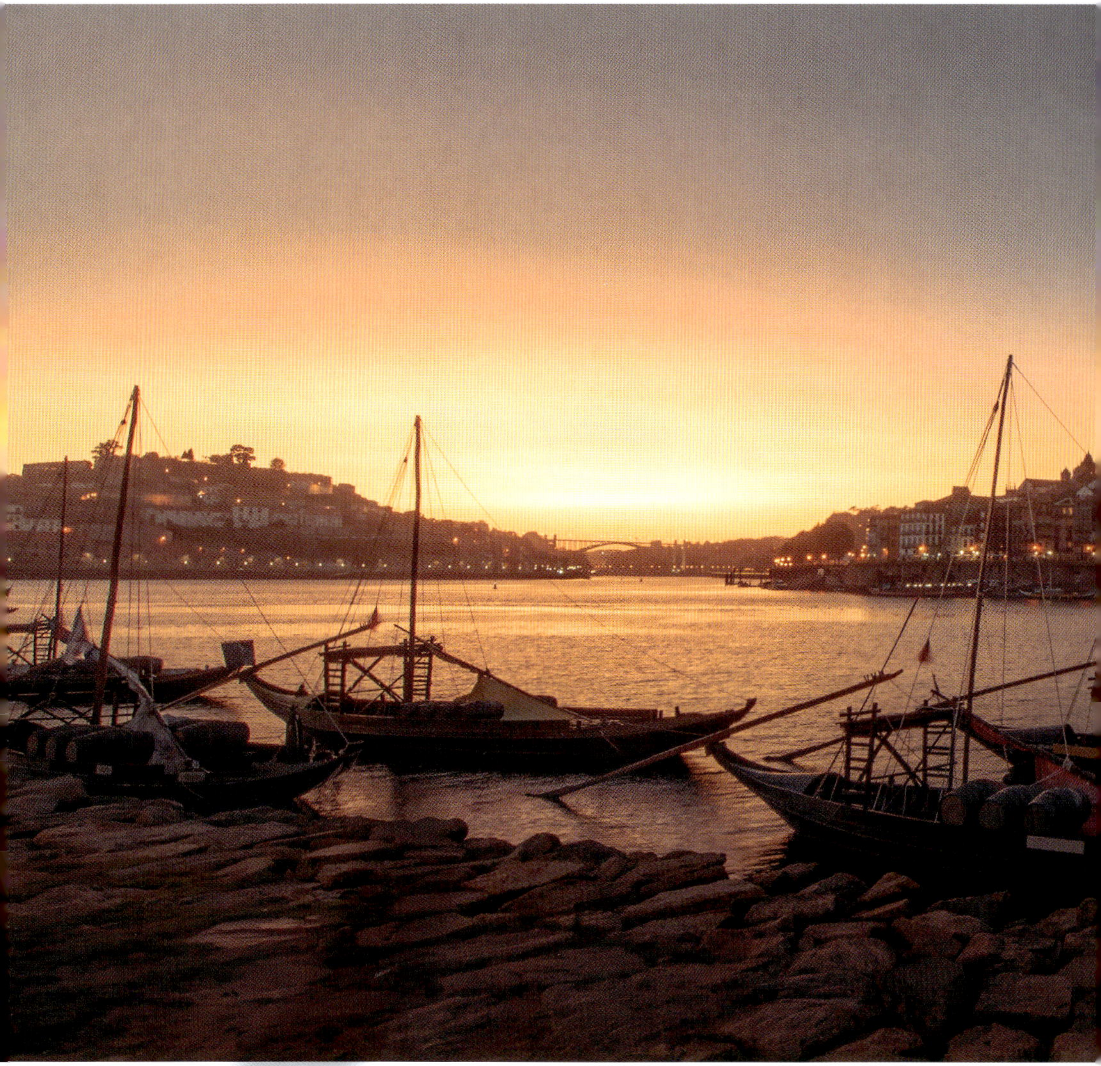

Escuto as badaladas vindas do carrilhão dos Clérigos e vislumbro o sol se pondo na Foz do Douro. Não vejo mais os pedestres na Ribeira, rindo, se abraçando e se amando. Há saudade.

Um silêncio absoluto na terra dos homens!
Solidariedade ou solidão?
Eis a questão.
Faço meu voo sobre a ponte D. Luís I e o metro trafega vazio...

O burburinho distante fala em Covid-19 – e a culpa recai num colega voador, que virou piada e repúdio, na China e cá neste canto do mundo.

Uma inicial euforia de solidariedade deu lugar a uma depressão solitária que abarcou todos os corações humanos.

Cá em Gaia, sentindo-me sozinho, procuro por um ouvido ou uma palavra amiga e bato minhas asas em voo rasante sobre os rubros telhados da Sandeman.

Lá pouso, ao lado do "capa negra", buscando uma empatia representada pela roupagem da figura com a qual nasci. Solto alguns gritos entalados, mas o "capa negra" não responde.

Dirijo-me ao Graham's, onde os guias turísticos sempre me chamavam de *seagull*. Mas lá não os encontrei. O silêncio assusta e ressoa minhas asas que batem.

Procuro pelo Ferreirinha, pelo Ramos Pinto, pela Dona Antônia, pelo Cálem... Oh, Maria! Onde estás tu?

Quantas vezes sobrevoei o Porto Wine Fest e consegui degustar daquele vinho licoroso que sobrava em algumas taças deixadas pelos homens. Quanta saudade da embriaguez humana!

Resta-me visitar São Pedro, na Afurada, e trocar algumas ideias com ele. Pousei sobre a chave que ele segura há séculos. E provoco-lhe com as palavras históricas de Jesus:

"Eu te darei as chaves do Reino dos Céus e o que ligares na terra será ligado nos céus, e o que desligares na terra, será desligado nos céus."

Será que ele desligou o Céu da vida terrena e isso gerou este silêncio solitário? Mas ele não responde e continua com aquele semblante sério de quem carrega extrema responsabilidade...

Nem os rabelos navegam.

Aquele cheiro de sardinha assada e aquela fumaça que enevoa nossa visão não mais existem.

Não consigo mais bicar aquelas sardinhas trazidas nas redes dos velhos pescadores. Só restam as tradicionais sardinhas de Bordallo Pinheiro como recordação desta terra tripeira.

Gera-me, pois, uma negação do viver.

Sobram-me migalhas de broas e cavacas assadas que se desprendem de toalhas chacoalhadas por senhoras das janelas azulejadas.

"Não custava cozinhar os morcegos?!", seguida de risos que ecoam de casarios. Mais uma vez, piadas sobre o pobre "vampiro" frugívoro de Wuhan, na China, que foi pautado como culpado por esta pandemia do silêncio.

Nasci sozinho, vivo sozinho, morrerei sozinho. Entretanto, jamais imaginei um voo solitário...

Seria um sonho?

Acredito que não, pois foram muitos pores do sol observando a mesma paisagem vazia, ecoante, contagiante.

Não tenho tempo, mesmo tendo o maior tempo do mundo! Esta é a tal quarentena dos adoecidos e do isolamento advindo do novo coronavírus.

Sim. Um ser vivo invisível mostra-se mais forte e inteligente a ponto de ludibriar os grandes cientistas do mundo.

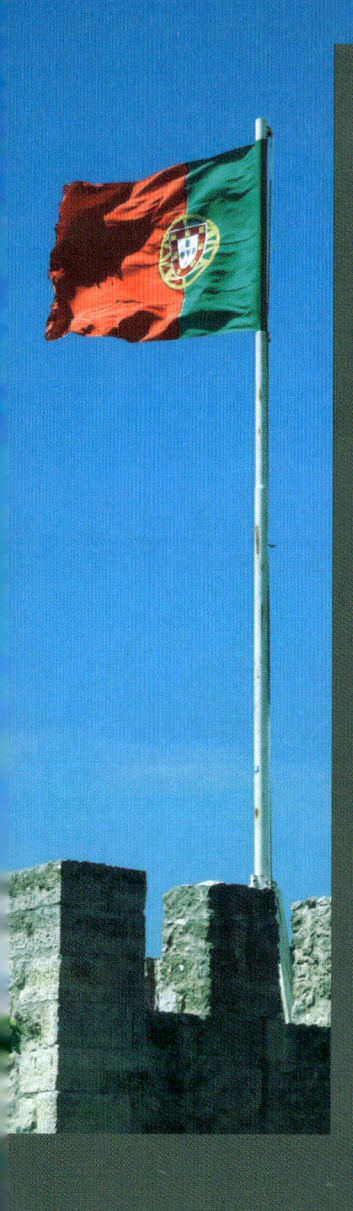

A arrogância humana cedeu lugar à humildade e à simplicidade, na certeza de que seu voo não depende de boas e caras penas, mas da umidade invisível que sustenta a aerodinâmica.

O segredo da vida.

De repente, escuto um saxofone soltando sons agradáveis na janela de pedras, seguido de aplausos vindos de janelas vizinhas. São janelas portuguesas, com certeza! Janelas da alma lusitana com cores vermelho e verde, coroada pelo brasão das armas que simboliza a coragem dos grandes navegadores.

Ao lado de panos quarando no sol, vejo aquele retângulo que flamula o nacionalismo português.

Senti uma enorme e estranha paz, invadindo meu coração, colorindo o céu de lilás. Fez-me recordar uma música brasileira, de Gilberto Gil, sendo cantarolada pela Tuna Académica da Universidade do Porto:

**A paz invadiu o meu coração
De repente, me encheu de paz
Como se o vento de um tufão
Arrancasse meus pés do chão
...
Vim parar na beira do cais
Onde a estrada chegou ao fim
Onde o fim da tarde é lilás.**

E mais um dia cai, acalantando milhares de corações mudos.

Pergunto, em silêncio, à minha Força maior: "Pai, este ano, na festa de São João, teremos os martelos de plástico batendo na cabeça dos putinhos, substituindo os antigos alhos-porros de nossos antepassados? Teremos balões iluminando o céu das andorinhas? E aquela regata de rabelos que nos permite sentir o vento lambendo nossas almas?".

Entro em estado de vigília e o cansaço mental me adormece.

O amanhecer na Serra do Pilar é uma dádiva. Logo cedo, faço um sobrevoo sobre a Escadaria dos Guindais para tentar encontrar pessoas; mas, novamente, só há amigas gaivotas... e só.

Nunca imaginei a Estação São Bento deste modo: fria, vazia e chorosa.

Não. Não ficarei neste lugar aguardando o comboio da morte me levar.

Tenho que reagir e criar forças para reaprender a viver.

Pairam-me na mente as histórias de quem passou pelas grandes guerras mundiais, nas quais um bando de humanos bobos lutou para conquistar, em nome da ganância da soberania, outros povos.

Não vejo a hora de ver a bandeira branca hasteada.

Mas nenhum cientista descobre um remédio nem uma vacina para extirpar esta sensação dolorosa do "como será meu amanhã"?

Quem não passa por esta angústia ou ansiedade?

No Mercado do Bolhão, procuro pelos famosos cartuchos de folha de jornal com aquela iguaria assada em homenagem a São Martinho: as castanhas assadas! Mas não logro êxito.

Ó, São Martinho, salva-nos do frio humano!

Pois é, conta a lenda que, num dia frio e chuvoso, Martinho, um soldado romano que regressava para casa, encontrou um mendigo que lhe pediu esmola e tinha muito frio. O soldado cortou sua capa em duas com a espada e ofereceu metade ao mendigo. De repente, o frio e a chuva pararam e o tempo aqueceu. Acredita-se que isso foi uma recompensa para o soldado pela sua bondade. A superstição é a de que todos os anos, no mesmo dia, o sol aparece e o tempo melhora. A história é contada assim e passa de geração em geração.

Com tamanha fé interior, dissipo alguns ruídos para alegrar os homens, mas acredito que eles estão surdos ou mal-humorados em suas moradas.

Beberico um pouco de água na Fonte Monumental de Mouzinho da Silveira e então decido dar uma passada na Torre dos Clérigos, minha predileta, para orar um pouco.

De lá, vislumbro o recanto estudantil mais famoso e crio uma expectativa de ver alguns mantos pretos em rostos lisos e juvenis.

O manto preto dos "doutores", como chamamos os estudantes académicos, me trazem alegria pela similitude da minha vestimenta de penas.

Mas o pátio estava vazio, nem mesmo consegui assistir à queima de fitas dos finalistas.

O que me resta? Como conviver comigo mesmo nesta história da civilização, que dizem, "moderna"?

Mas uma luz brilha em minha mente e me faz sobrevoar para aquela construção de 1906, erguida pelo engenheiro Xavier Esteves, na Rua das Carmelitas, conhecida como Livraria Lello. Ali sempre transitavam muitas pessoas... Mas também estava sem almas vivas, apenas espíritos pensantes em tantos livros que ali repousam.

Meu sonho era poder entrar e sobrevoar aquela escadaria vermelha de madeira de Crimson, que consigo ver pelos reflexos da janela frontal, onde pouso para relaxar no sol. São tantos entalhes de madeira e baixos-relevos que gostaria de dar uma olhada de perto...

Também consigo, pela vidraça, enxergar aquele lindo vitral emblemático com a escrita *Decus in Labore* e a figura de um homem martelando uma peça apoiada numa bigorna.

"Dignidade no trabalho." Simples, conciso e autoexplicativo.

Os livros carregam a mente humana para um mundo único de ficção ou de retrospectiva, numa intimidade inviolável.

Acredito que esta temporada de Covid-19 será retratada em muitas obras literárias e significará uma mudança de parâmetros da humanidade.

Os que leem esta passagem não compreenderão esta época de angústia, introspecção, autoconhecimento e humildade.

Lulu Santos, cantor brasileiro, compôs uma música cuja letra se amolda perfeitamente ao que estamos vivendo:

**Nada do que foi será
De novo do jeito que já foi um dia
Tudo passa, tudo sempre passará.**

    Minha esperança vem à tona e decido ver a boémia na Rua da Galeria de Paris. Vou repousar sobre uma oliveira da Praça de Lisboa e aguardar o sol se pôr.

    Estas árvores têm pouca altura e tronco retorcido; dão um fruto amargo, mas muito apreciado pelos homens, que se fartam quando degustam o óleo extraído dele com bacalhau.

Com o céu mais escuro, empolgo-me e faço meu voo boémio pela rua mais noturna do Porto. Levo um susto! Nenhuma mesa no passeio, nenhum peão. Só silêncio.

Resolvo ficar por ali. Adormecer para sair daquela realidade solitária.

Sonhei que minha espécie estava sendo exterminada pelas colegas andorinhas.

Pelo fato de as andorinhas serem aves que se relacionam apenas com um parceiro durante a vida toda e por ser uma ave migratória, ela passou a simbolizar, em muitas culturas, o retorno e a fertilidade.

Cá em Portugal, em face dessa carga simbólica tão poderosa, tornou-se tradição a troca de andorinhas de cerâmica entre casais apaixonados – gesto de amor subtil da época em que a comunicação entre membros de sexo oposto não era tão fácil como hoje em dia. São também sinónimo de harmonia, felicidade e prosperidade nas casas onde se encontram penduradas.

Haverá, de fato, poucos objetos decorativos tipicamente portugueses de maior beleza e simplicidade; e eu sempre saúdo a sua presença, real ou cerâmica, com um sorriso protegido.

Mas como uma revoada de andorinhas primaveris poderia exterminar minha espécie? Foi um sonho simbolizando nossa realidade pandémica?

Só sei que esse sonho perturbador conferiu-me a ideia de migrar para a terra de meus antepassados. Sim, farei esse voo em busca de companhia.

Ora, dizem que nós, as gaivotas, somos aves muito inteligentes, que se destacam pela capacidade comunicativa, tanto para se proteger como para se reproduzir e se alimentar. Além disso, somos muito hábeis quando se trata de nos mover através da água, graças às nossas patas com dedos palmados.

Também dizem que somos muito sociáveis, que gostamos de estar em grupo e, em geral, ficamos nas costas, lagos ou praias. Cuidamos umas das outras, alertando quando há perigo e até mesmo se há comida na vizinhança onde estamos.

Por isso não aturo esta solidão.

Pronto para o voo migratório para minha terra de origem, arrumo minha plumagem e parto.

Por que não tentar este voo audacioso?

E começo o percurso rumo ao norte, para onde todos os galinhos sobre os telhados vermelhos apontam.

Não, não sigo para Barcelos, onde sou pouco prestigiado; tampouco vou a Santiago de Compostela, terra dos galegos mal-educados e grosseiros. Sou português! Não me contento com tapas nem churros.

Gosto mesmo do nosso cimbalino que reúne tripeiros, do fino na temporada de calor e do vinho de Gaia para os mais íntimos.

Quase migrando o dia todo, atinjo um alto sobreiro na terra dos meus antepassados e ali descanso por algum tempo.

Que sombra e que calmaria, longe de ser solidão!

Sua casca foi retirada para produção da cortiça com tantos usos... Em especial, para servir como tampão dos beberrões!

Seixezelo é uma freguesia maravilhosa. Continua com sua igreja secular, sua fonte do Sr. Clemente e as beladonas cor-de-rosa que enfeitam as ruas no frio.

Saudades dos antepassados.

Resta-me comer umas ginjinhas, ácidas e doces ao mesmo tempo, dicotomia que hoje vivemos nesta época de pandemia e apavoramento humano. No século XV, a ginja era já um fruto comum em Portugal, sendo usada para diversos fins medicinais. Símbolo que o povo daqui carrega, com orgulho, costurado no peito do manto preto de penugem das academias.

Cansado, olho para o céu e agradeço por acreditar numa Força maior, que nos ajudará a superar tudo isso.

Como cantava o fado de Amália Rodrigues, faço dele a minha oração, prestigiando as andorinhas e os rouxinóis, meus irmãos de pena:

> **Foi Deus que deu luz aos olhos**
> **Perfumou as rosas, deu oiro ao**
> **sol e prata ao luar**
> **...E pôs as estrelas no céu**
> **E fez o espaço sem fim**
> **Deu luto as andorinhas**
> **...Fez o poeta o rouxinol**
> **Pôs no campo o alecrim**

Com esse fado, adormeço e desperto em minha cama, em São Paulo, no Brasil, terra do samba e do churrasco.

Olho para a varanda e vejo o casal de periquitos-verdes que aparecem para fazer-me companhia. Lembrei-me do Zé Carioca, personagem criado pelo próprio Walt Disney quando esteve hospedado no Hotel Copacabana Palace durante sua estadia no Brasil.

Nesse momento pandémico, as pessoas priorizaram alguns valores, antes desprezados: a paz, a natureza, a simplicidade e a fé.

E, assim, foram-se muitos pores do sol fotografados nas suas diversas cores e publicados nas redes sociais, cujo uso virou febre... quase uma febre de Covid-19!

Quantas *lives* bestializadas viralizaram nas redes sociais, com uma rapidez igual (ou maior) à da contaminação pelo coronavírus.

Apareceram muitos, mas falam demais e dizem pouco...

Ora, Aristóteles já afirmava: "O ignorante afirma, o sábio duvida, o sensato reflete". "O sábio nunca diz tudo o que pensa, mas pensa sempre tudo o que diz."

Assim como Jean-Jacques Rousseau ensinou: "Geralmente aqueles que sabem pouco falam muito, e aqueles que sabem muito falam pouco".

E Platão pronunciou: "O sábio fala porque tem alguma coisa a dizer; o tolo, porque tem que dizer alguma coisa".

A convivência em isolamento e confinamento domiciliar aproxima e afasta muitas famílias; gera brigas e discussões, enquanto, ao mesmo tempo, traz compaixão e solidariedade.

Mas, afinal, era sonho, realidade ou levitação?

O voo foi real! Não posso negar que flutuei sobre Vila Nova de Gaia e Porto, mas meu esqueleto sentia também a maciez do colchão e as quentes colchas que me cobriam.

Talvez essa pandemia tenha potencializado tanto as emoções, os sonhos, as saudades e a solidão, que nossas mentes se viram embaralhadas num grande labirinto.

Ah! Que vontade de ver aqueles pores do sol que as gaivotas presenciam todos os dias... Como eu gostaria de sentir a simplicidade do vento na face, o mar lambendo o corpo.

O maior trajeto que temos percorrido, nesses dias difíceis, é entre a emoção e a razão: "A distância mais longa é aquela entre a cabeça e o coração". Tempo de filosofar, como fazia Thomas Merton, um monge trapista da Abadia de Getsemani, no Kentucky, Estados Unidos, grande poeta, ativista social e estudioso de religiões comparadas. Escreveu mais de setenta livros, a maioria sobre espiritualidade. Dentre as principais características de suas obras, está a defesa do pacifismo e ecumenismo. Uma de suas frases mais comentadas foi: "Todas as religiões levam a Deus, apenas em formas diferentes; cada um deve ir de acordo com sua própria consciência e resolver as coisas de acordo com sua maneira particular de ver as coisas".

Realmente, a vida é uma peça de teatro que não permite ensaios. Por isso devemos cantar, chorar, dançar, sonhar e viver intensamente, antes que a cortina se feche e a peça termine sem aplausos. Pitágoras era matemático no assunto: "A vida é como uma sala de espetáculos; entra-se, vê-se e sai-se".

Aprendi também que o valor das coisas não está no tempo que elas duram, mas na intensidade com que acontecem. Por isso, como dizem por aí, "existem momentos inesquecíveis, coisas inexplicáveis e pessoas incomparáveis".

Também ouvi dizer que "o tempo é muito lento para os que esperam; muito rápido para os que têm medo; muito longo para os que lamentam; muito curto para os que festejam. Mas, sem dúvida, para os que amam, o tempo é eterno".

Confúcio dizia: "Escolhe um trabalho de que gostes e não terás que trabalhar nem um dia na tua vida".

Ora, escutemos as sábias palavras de Albert Einstein:

"No meio da dificuldade encontra-se a oportunidade". Vamos aproveitar a oportunidade da reflexão! Sem dúvida, como diz o provérbio, "há três coisas na vida que nunca voltam atrás: a flecha lançada, a palavra pronunciada e a oportunidade perdida".

* * *

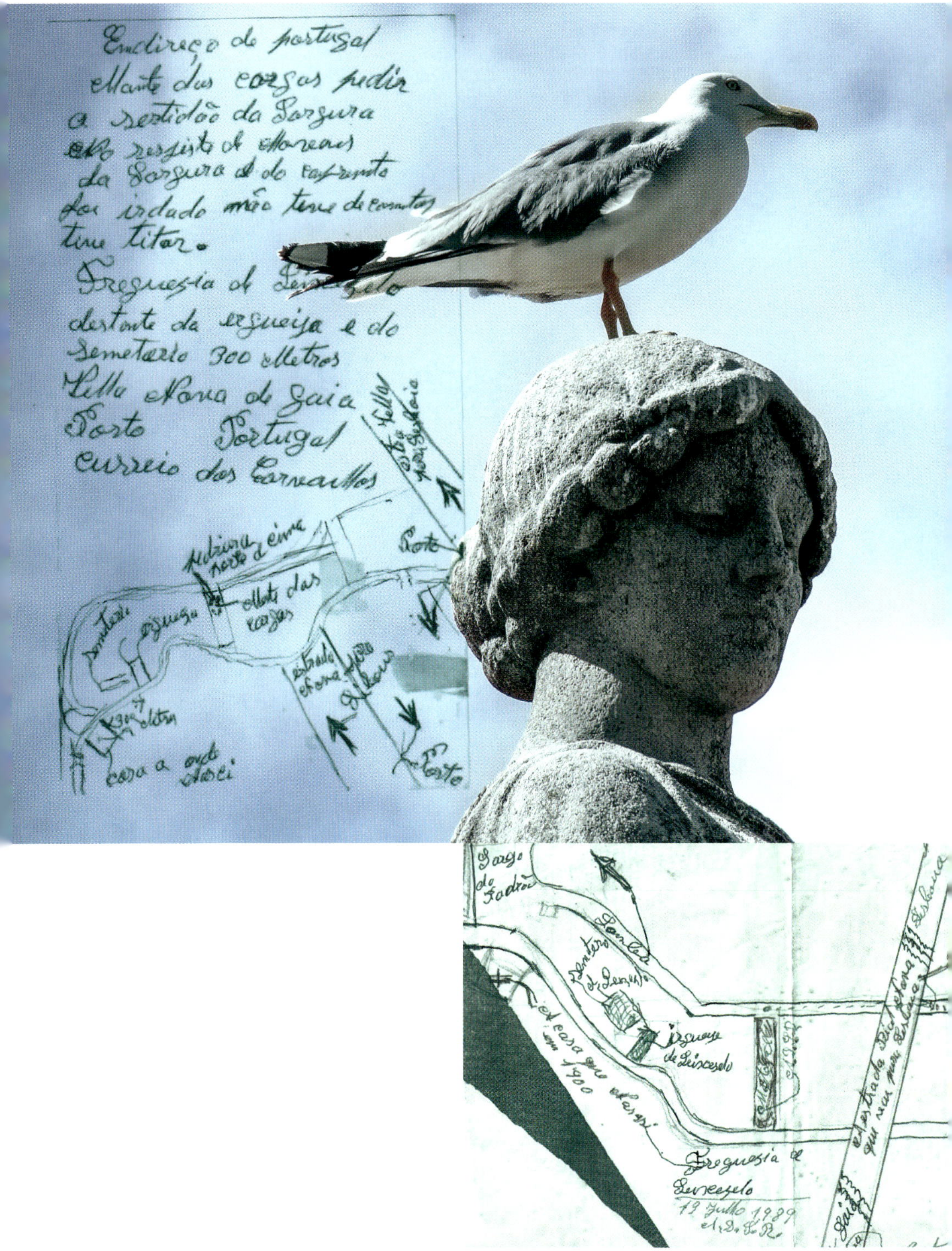

Aguardo ansiosamente pela paz da tarde lilás, quando os homens poderão se abraçar novamente depois de tantas perdas neste período de guerra contra o invisível.

Cada um é responsável por sua parte, como lembram as palavras de Confúcio: "Transportai um punhado de terra todos os dias e fareis uma montanha".

Com o melhor dos voos, encerro com um humilde conselho:

Não imponha limites em seus sonhos, tenha fé!

Gaivota Lé

Crédito das imagens

Pag. 6: Freepik.com
Pag. 8: Kamile Leo (unsplash.com)
Pag. 9: Arquivo pessoal
Pag. 10: Yaroslav Talyzin (unsplash.com)
Pag. 11: Freepik.com
Pag. 12: GG64 (pixabay.com)
Pag. 14: Gonbiana (pixabay.com)
Pag. 15: 2427999 (pixabay.com)
Pag. 16-17: Ivoafr (pixabay.com)
Pag. 18: Roya Ann Miller (unsplash.com)
Pag. 19: Freestocks (unsplash.com)

Pag. 20: Tj-Holowaychuk (unsplash.com)
Arquivo pessoal
Pag. 22: Arquivo pessoal
Freepik.com
Arquivo pessoal
Pag. 25: Luna4 (pixabay.com)
Pag. 27: Amit Lahav (unsplash.com)
Pag. 28: Adrimarie (pixabay.com)
Pag. 29: Freepik.com
Arquivo pessoal (mapas)

Esta obra foi composta em Janson Text LT Std 12 pt e impressa em papel Couché 150 g/m² pela gráfica Lis.